· 中国现代经典新诗集汇校本丛书 ·

我底记忆

戴望舒 著

向阿红 汇校

金宏宇 易彬 主编

长江出版传媒 | 长江文艺出版社

图书在版编目（CIP）数据

我底记忆 / 戴望舒著 ；向阿红汇校. -- 武汉 ：长江文艺出版社，2024.12. -- （中国现代经典新诗集汇校本丛书 / 金宏宇，易彬主编）. -- ISBN 978-7-5702-3788-3

Ⅰ. I226

中国国家版本馆 CIP 数据核字第 2024H2V285 号

我底记忆

WO DE JIYI

责任编辑：高田宏　　　　　　　　　责任校对：程华清

封面设计：胡冰倩　　　　　　　　　责任印制：邱　莉　丁　涛

出版：长江出版传媒　长江文艺出版社

地址：武汉市雄楚大街 268 号　　　　邮编：430070

发行：长江文艺出版社

http://www.cjlap.com

印刷：中印南方印刷有限公司

开本：640 毫米×960 毫米　　1/16　　印张：4.5

版次：2024 年 12 月第 1 版　　　2024 年 12 月第 1 次印刷

行数：1564 行

定价：20.00 元

汇校说明

　　戴望舒作为一位深受中西文学和文化影响的诗人，积极寻找中西诗歌艺术的融合点，创造出了属于自己民族的现代诗，被称为现代诗派"诗坛的领袖"。《我底记忆》是他自己编定的第一部诗集，其中1927年戴望舒所写的《雨巷》已经显示了他由新月派向现代派过渡的趋向，但直到1929年创作的诗作《我底记忆》，才"完成了'为自己制最合自己的脚的鞋子'的工作"。《我底记忆》这首诗就成为现代派的起点。因此，诗集《我底记忆》具有重要的文学价值，在新诗和整个现代文学的发展史上占有重要的地位。这个汇校本，希望能对《我底记忆》和戴望舒整个文学创作的研究有所裨益。

　　一、《我底记忆》的版本较多，作者的改动也较大，主要有以下几种：

　　（1）初版本。1929年4月，由戴望舒、刘呐鸥和施蛰存在上海合作经营的小出版社——水沫书店出版。该诗集分为三辑，分别为《旧锦囊》《雨巷》和《我底记忆》，共收录诗人于1929年之前创作的诗歌作品26首。其中《旧锦囊》是诗人于1922—1924年间写成的"少年作"，带有浓厚的古典文学气息。这一辑中的诗歌作品大都出于诗人的感时伤世之慨，是其生活经历的投影。后两辑多是诗人对现实生活中发生的爱情经历的艺术记录。在诗集的扉页，印有法文"A Jeanne"，意为"给绛年"。除此之外，还有两行拉丁文"Te spectem　suprema mihi cum ceneril hora, /Te teneam moriens deficiente manu"，援引的是古罗马诗人提布卢斯的诗句。戴望舒将其译为"愿我在最后的时间将来的时候看见你，愿我在垂死的时候用我的虚弱的手把握着你"。

（2）再版。1929 年 11 月由上海水沫书店再版，再版本与初版本相同。

（3）三版。1931 年 4 月由东华书局翻印。

（4）收录本。1933 年 8 月，《望舒草》由上海现代书局出版，该诗集删去《我底记忆》中《旧锦囊》和《雨巷》两辑，收录《我底记忆》一辑中除《断指》一诗外的全部诗作，并作了大量的修改。

（5）收录本。1937 年 1 月，《望舒诗稿》由上海杂志公司出版，该诗集又将《我底记忆》中之前删弃的《旧锦囊》和《雨巷》两辑，以及诗作《断指》均重新纳入诗稿中，并作了大幅度修改。

（6）诗选本。1957 年 4 月，《戴望舒诗选》由人民文学出版社出版，该诗选收录了《我底记忆》中的 10 首诗作，置于《望舒诗稿》一辑，分别为《夕阳下》《静夜》《山行》《残叶之歌》《雨巷》《断指》《我的记忆》《路上的小语》《秋》《对于天的怀乡病》。

二、本书以《我底记忆》1929 年 4 月初版本为底本，并用上列 1933 年 8 月《望舒草》收录本、1937 年 1 月《望舒诗稿》收录本以及 1957 年 4 月《戴望舒诗选》诗选本进行校勘。体例如下：

（1）凡文本中有字、词改动者，用引号摘出底本正文，并将其他版本中改动之处校录于后。凡整句有改动者，则校文中不摘出底本正文，而以"此句……"代替。凡整篇改动极大者，校文中直接附各版本全篇修改稿。

（2）校号①②③……一般都标在所校之文末。汇校部分一律采用脚注的形式，并且每页重新编号。

（3）初版本中部分诗歌未结集之前，已在当时发表于各种报刊上，这些初刊本与结集之后的版本多有出入，因此在进行版本汇校时，将初刊本也纳入汇校中。

三、校勘之事，往往事倍而功半，虽然细心、耐心，亦难免舛误、遗漏。不足、错误之处祈请读者批评指正。

发表篇目统计表

篇目	发表刊物
《断指》	《无轨列车》1928年第7期，第49—51页。
《秋天》	《未名半月刊》（北平）1929年第2卷第2期，第49页。
《Mandoline》	《新女性》1929年第4卷第3期，第116页。
《回了心儿罢》	初刊于《莽原》1927年第2卷第20期，第786—787页；再刊于《今代妇女》1929年第11期，第1页，标题中的"罢"改为"吧"。
《我底记忆》	初刊于《中央日报》1928年7月31日〔0002版〕；再刊于《未名半月刊》（北平）1929年第2卷第1期，第19—21页；后又刊于《今代妇女》1929年第10期，第1页。
《夕阳下》	《小说月报》1928年第19卷第8期，第80—81页。
《静夜》	《小说月报》1928年第19卷第8期，第80页。
《自家伤感》	《小说月报》1928年第19卷第8期，第81页。
《雨巷》	《小说月报》1928年第19卷第8期，第78—79页。

（续表）

篇目	发表刊物
《对于天的怀乡病》	《无轨列车》1928 年第 8 期，第 2—4 页。
《残叶之歌》	《新女性》1929 年第 4 卷第 3 期，第 116—117 页。
《路上的小语》	《无轨列车》1928 年第 1 期，第 28—30 页。
《独自的时候》	《未名》1928 年第 1 卷第 8/9 期，第 268—269 页。
《夜是》	《无轨列车》1928 年第 1 期，第 20—32 页。
《不要这样盈盈地相看》	《莽原》1927 年第 2 卷第 20 期，第 784—786 页。
《残花的泪》	《小说月报》1928 年第 19 卷第 8 期，第 79—80 页。
《凝泪出门》	《今代妇女》1929 年第 10 期，第 29 页。
《十四行》	《莽原》1927 年第 2 卷第 20 期，第 783—784 页。

汇校版本书影

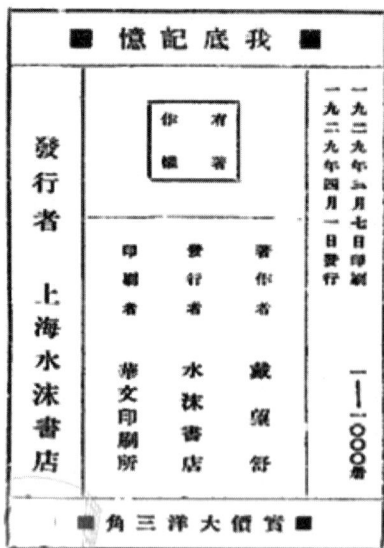

1929年4月《我底记忆》初版本
上海水沫书店

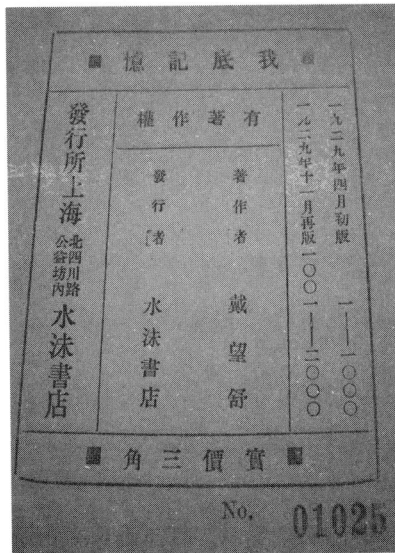

1929年11月《我底记忆》再版本

上海水沫书店

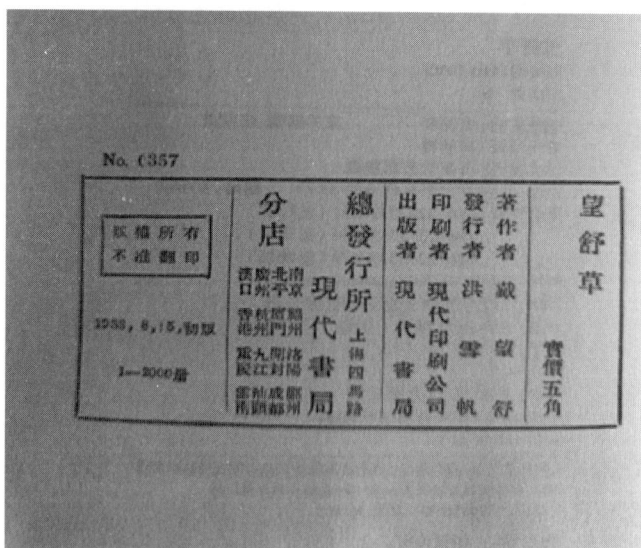

1933年8月版《望舒草》

上海现代书局

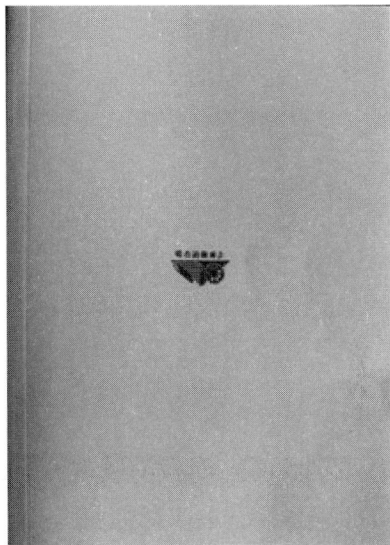

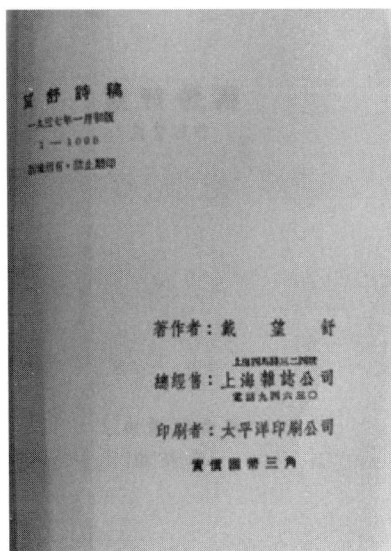

1937 年 1 月版《望舒诗稿》

上海杂志公司

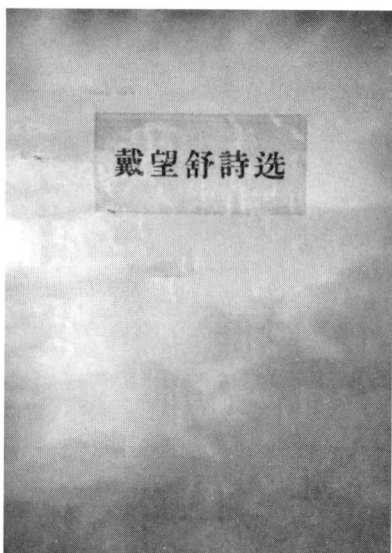

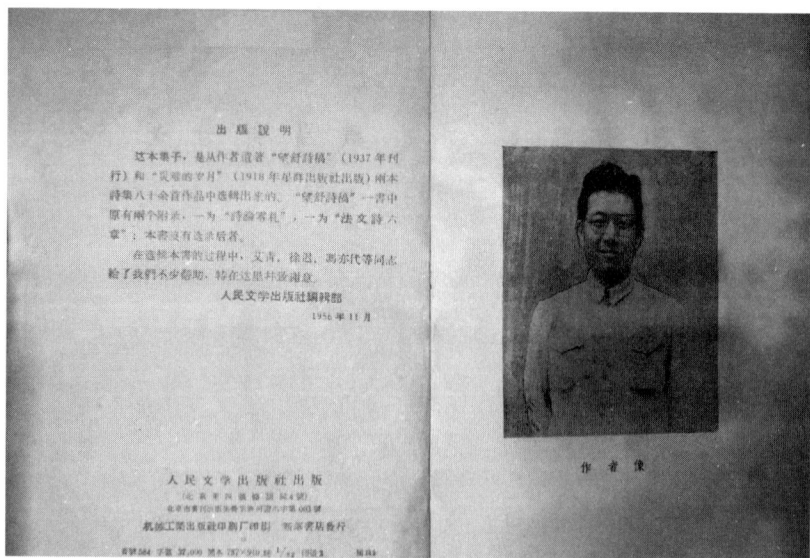

1957年4月版《戴望舒诗选》

人民文学出版社

目　录

旧锦囊

雨巷

我底记忆

旧锦囊 ①

夕阳下 ①

晚云在幕天上散锦，

溪水在残日里流金；

我瘦长的影子飘在地上，

像山间古树底 ② 寂寞的幽灵。

远山啼哭得紫了，

哀悼着白日底 ③ 长终；

落叶却飞舞欢迎

幽夜底 ④ 衣角，那一片清风。

荒冢里流出幽古的芬芳，

在老树枝头把蝙蝠迷上，

它们缠绵琐细的私语 ⑤

在晚烟中低低地回荡。

---

① 此诗发表于《小说月报》1928年第19卷第8期，第80—81页。

② 初刊本"底"为"，那"。

③ 初刊本"底"为"的"。

④ 初刊本"底"为"的"。

⑤《望舒诗稿》和《戴望舒诗选》此处有"，"。

幽夜偷偷地从天末归来 [①]，

我独自还恋恋地徘徊；

在这寂寞的心间，我是

消隐了忧愁，消隐了欢快。

[①]《望舒诗稿》及《戴望舒诗选》删除"归"。

寒风中闻雀声 ①

枯枝在寒风里悲叹，

死叶在大道上萎残；

雀儿在高唱薤露歌，

一半儿是自伤自感。

大道上 ② 寂寞凄清，

高楼上 ③ 悄悄无声，

只 ④ 那孤岑的雀儿

伴着孤岑的少年人。

寒风 ⑤ 吹老了树叶，

又来吹老少年底华鬓， ⑥

更在他底愁怀里 ⑦

①《戴望舒诗选》删除此诗。
②《望舒诗稿》此处有"是"。
③《望舒诗稿》此处有"是"。
④《望舒诗稿》此处有"有"。
⑤《望舒诗稿》此处有"已"。
⑥《望舒诗稿》此句为"更吹老少年底华鬓，"。
⑦《望舒诗稿》此句为"又复在他底愁怀里，"。

将一丝的温馨吹尽。

唱啊，我^①同情的雀儿，

唱破我芬芳的梦境；

吹罢，你^②无情的风儿，

吹断了^③我飘摇的微命。

---

① 《望舒诗稿》删除"我"。

② 《望舒诗稿》删除"你"。

③ 《望舒诗稿》删除"了"。

自家伤感 ①

怀着热望来相见，

冀希② 从头细说③，

偏你冷冷无言④ ；

我只合踏着残叶⑤

远去了，自家伤感⑥ 。

希望今又成虚，⑦

且消失⑧ 终天长怨。

看⑨ 风里的蜘蛛，⑩

又可怜地飘断⑪

这一缕零丝残绪。

---

① 此诗发表于《小说月报》1928 年第 19 卷第 8 期，第 80 页。《望舒诗稿》此诗标题为《自家悲怨》。《戴望舒诗选》删除此诗。

② 初刊本及《望舒诗稿》"冀希"为"希冀"。

③《望舒诗稿》"从头细说"为"一诉旧衷情"。

④《望舒诗稿》"无言"为"无片言"。

⑤《望舒诗稿》"残叶"为"残英"。

⑥《望舒诗稿》"伤感"为"悲怨"。

⑦《望舒诗稿》此句为"而今希望又虚无，"。

⑧《望舒诗稿》"消失"为"消受"。

⑨《望舒诗稿》"看"为"转看"。

⑩《望舒诗稿》删除"，"。

⑪《望舒诗稿》"飘断"为"飘摇断"。

生涯①

泪珠儿已抛残，

只剩了悲思。

无情的百合啊，

你明丽的花枝。②

你太娟好，太轻盈，

使我难吻你娇唇。③

人间伴我的是孤苦，④

白昼给我的是寂寥；⑤

只有那甜甜的梦儿

慰我在深宵：

我希望长睡沉沉，

长在那梦里温存。

---

① 《戴望舒诗选》删除此诗。
② 《望舒诗稿》句末标点为"，"。
③ 《望舒诗稿》此句为"人间天上不堪寻。"。
④ 《望舒诗稿》此句为"人间伴我惟孤苦，"。
⑤ 《望舒诗稿》此句为"白昼给我是寂寥；"。

可是清晨我醒来
在枕边找到了悲哀：
欢乐只是一幻梦，
孤苦却待我生挨！
我暗把泪珠哽咽，
我又生活了一天。

泪珠儿已抛残，
悲思偏无尽，
啊，我生命底慰安！
我屏营待你垂悯：
在这世间寂寂，
朝朝只有呜咽。

流浪人的夜歌 ①

残月是已死的 ② 美人，

在山头哭泣嘤嘤，

哭她细弱的魂灵。

怪枭在幽谷悲鸣，

饥狼在嘲笑声声

在那残碑断碣的荒坟。③

此地是 ④ 黑暗底占领，

恐怖在统治人群，

幽夜茫茫地不明。

来到此地泪盈盈，

我是颠连 ⑤ 漂泊的孤身，

我要与残月同沉。

---

① 《戴望舒诗选》删除此诗。

② 《望舒诗稿》删除"的"。

③ 《望舒诗稿》此句为"在那莽莽的荒坟。"

④ 《望舒诗稿》删除"是"。

⑤ 《望舒诗稿》删除"颠连"。

Fragments①

不要说爱还是恨，②

这问题我不要分明：③

当我们提壶痛饮时，

可先问是酸酒是④ 芳醇？

愿⑤ 她温温的眼波

荡醒我心头的春草：

谁希望有花儿果儿？

但愿⑥ 在⑦ 春天里活几朝。

---

① 《戴望舒诗选》删除此诗。《望舒诗稿》此诗标题为《断章》。

② 《望舒诗稿》此句为第二句，并且"还是"为"不要说"，句末标点为"："。

③ 《望舒诗稿》此句为第一句，"："为"，"。

④ 《望舒诗稿》删除"是"。

⑤ 《望舒诗稿》"愿"为"但愿"。

⑥ 《望舒诗稿》"但愿"为"只愿"。

⑦ 《望舒诗稿》删除"在"。

凝泪出门①

昏昏的灯，②

溟溟的雨，

沉沉的未晓天：

凄凉的情绪；③

将我底愁怀占住，④

凄绝的寂静中，

你还酣睡未醒；

我无奈踟蹰徘徊，

独自凝泪出门：

啊，我已够伤心。

清冷的街灯，

照着车儿前进：

---

① 此诗发表于《今代妇女》1929 年第 10 期，第 29 页。《戴望舒诗选》删除此诗。

② 初刊本无"，"。

③ 初刊本及《望舒诗稿》此处标点为"："。

④ 初刊本此处标点为"。"。

在我底胸怀里，
我是失去了欢欣，
愁苦已来临。

可知 ①

可知怎的旧时的欢乐
到回忆都变作悲哀，
在月暗灯昏时候
重重地兜上心来，
　　啊，我底欢爱！

为了如今惟有愁和苦，
朝朝的难遣难排，
恐惧以后无欢日，
愈觉得旧时难再，
　　啊，我底欢爱！

可是只要你能爱我深，
只要你深情不改，
这今日的悲哀，
会变作来朝的欢快，

---

① 《戴望舒诗选》删除此诗。

啊，我底欢爱！

否则悲苦难排解，
幽暗重重向我来 ①
我将含怨沉沉睡
睡在那碧草青苔，

　　啊，我底欢爱！

---

① 《望舒诗稿》此处有"，"。

静夜 ①

像侵晓蔷薇底 ② 蓓蕾 ③

含着晶耀的香露，④

你盈盈地 ⑤ 低泣，低着头，

你在我心头开了烦忧路。

你哭泣嘤嘤地不停，

我心头反复 ⑥ 地不宁；

这烦忧是从何处生 ⑦

使你堕泪，又使我伤心？ ⑧

停了泪儿啊，请莫悲伤，⑨

且把那原因细讲，

① 此诗发表于《小说月报》1928年第19卷第8期，第80页。

② 初刊本"底"为"的"。

③ 《望舒诗稿》及《戴望舒诗选》此处有"，"。

④ 初刊本此处无标点。

⑤ 初刊本"地"为"的"。

⑥ 初刊本及《望舒诗稿》"复"为"覆"，且初刊本"我"为"你"。

⑦ 《望舒诗稿》及《戴望舒诗选》此处有"，"。

⑧ 初刊本此处标点为"。"。

⑨ 《望舒诗稿》及《戴望舒诗选》标点"，"为"。"。

在这幽夜沉寂又微凉，

人静了，这正是时光 ①。

---

① 《戴望舒诗选》"这正是时光"为"正是好时光"。

山行 ①

见了你朝霞的颜色，
便感到我落月的沉哀，
却似晓天的云片，
烦怨飘上我心来。

可是不听你啼鸟的娇音，
我就要像流水地呜咽，
却似凝露的山花，
我不禁地泪珠盈睫。

我们彳亍在微茫的山径，
让梦香吹上了征衣，
和那朝霞，和那啼鸟，
和你不尽的缠绵意。

---

① 《望舒诗稿》及《戴望舒诗选》与初版本相同。

残花的泪①

寂寞的古园中，
明月照幽素，
一枝凄艳的残花
对着蝴蝶泣诉：

我的娇丽已残，
我的芳时已过，
今宵我流着香泪，
明朝会萎谢尘土。

我的旖艳与温馨，
我的生命与青春
都已为你所有，
都已为你消受尽！

你旧日的蜜意柔情

① 此诗发表于《小说月报》1928 年第 19 卷第 8 期，第 79—80 页。《望舒诗稿》与初版本相同。《戴望舒诗选》删除此诗。

如今已抛向何处？
看见我憔悴的颜色，
你啊，你默默无语！

你会把我孤凉地抛下，①
独自翩跹地飞去，
又飞到别枝春花上，
依依地将她恋住。

明朝晓日来时
小鸟将为我唱薤露歌；
你啊，你不会眷顾旧情
到此地来凭吊我！

---

① 初刊本句末无标点。

十四行 ①

② 微雨飘落在你披散的鬓边，

像小珠碎落 ③ 在青色的 ④ 海带草间

或是死鱼漂翻在浪波上，⑤

闪出 ⑥ 神秘又凄切的幽光，

⑦ 诱着又带着我青色的灵魂 ⑧

到爱和死底梦的王国中睡眠 ⑨，

那里有金色的空气 ⑩ 和紫色的 ⑪ 太阳，

那里可怜的生物将欢乐的眼泪流到胸膛；⑫

---

① 此诗发表于《莽原》1927 年第 2 卷第 20 期，第 783—784 页。《戴望舒诗选》删除此诗。

② 《望舒诗稿》此处有"看"。

③ 《望舒诗稿》"碎落"为"散落"。

④ 《望舒诗稿》删除"的"，且句末有"，"。

⑤ 初刊本"在浪波上"为"银鲜在波上"；《望舒诗稿》此句为"或是死鱼浮在碧海的波浪上，"。

⑥ 《望舒诗稿》此处有"万点"。

⑦ 《望舒诗稿》此处有"它"。

⑧ 《望舒诗稿》"灵魂"为"魂灵"，且句末有"，"。

⑨ 《望舒诗稿》"睡眠"为"逡巡"，且句末无标点。

⑩ 《望舒诗稿》"的空气"为"山川"。

⑪ 《望舒诗稿》删除"的"。

⑫ 《望舒诗稿》此句为"而可怜的生物流喜泪到胸膛；"。

就像一只黑色的衰老的瘦猫，①

在幽光中我憔悴又伸着懒腰，

流出我一切虚伪和真诚的骄傲。②

然后，又跟着它踉跄在轻雾朦胧；③

像淡红的酒沫飘④ 在琥珀钟，

我将有情的眼藏在幽暗的⑤ 记忆中。

---

① 初刊本此处无标点。
② 《望舒诗稿》"流出"为"吐出"，删除"和"，且句末标点为"；"；初刊本此句末标点为"，"。
③ 《望舒诗稿》此句为"然后又跟它踉跄在薄雾朦胧，"；初刊本句末标点为"，"。
④ 初刊本及《望舒诗稿》"飘"为"漂浮"。
⑤ 《望舒诗稿》"藏在幽暗的"为"埋藏在"。

雨巷 ①

---

① 《望舒草》删除《雨巷》一辑。

不要这样盈盈地相看 ①

不要这样盈盈地相看，
把你伤感的头儿垂倒，
静，听啊，远远地，在林里，
在死叶上的希望又醒了。

是一个昔日的希望，
它沉睡在林里已多年；
是一个缠绵烦琐的希望，
它早在遗忘 ② 里沉湮。

不要这样盈盈地相看，
把你伤感的头儿垂倒，
这一个昔日的希望，③
它已被你惊醒了。

---

① 此诗发表于《莽原》1927 年第 2 卷第 20 期，第 784—786 页。《望舒诗稿》此诗标题为《不要这样》，正文内容与初版本相同。《戴望舒诗选》删除此诗。

② 初刊本"遗忘"为"l'oubli"。

③ 初刊本此处无标点。

这是缠绵烦琐的希望，^①
如今已被你惊起了，
它又要依依地前来
将你与我烦扰。

不要这样盈盈地相看，
把你伤感的头儿垂倒，
静，听啊，远远地，从林里，^②
惊醒的昔日的希望来了。

---

① 初刊本此处无标点。
② 初刊本此处无标点。

回了心儿吧 ①

回了心儿吧，Ma chère ennemie。②
我从今不更来 ③ 无端地烦恼你。

你看我啊，你看我伤碎的心，
我惨 ④ 白的脸，我哭红 ⑤ 的眼睛！

回来啊，来一抚我伤痕 ⑥
用盈盈的微笑或轻轻的一吻。

Aime un peu⑦！我把无主的灵魂付你：
这是我无上的愿望和最大的冀希。

---

① 此诗初刊于《莽原》1927 年第 2 卷第 20 期，第 786—787 页；再刊于《今代妇女》1929 年第 11 期，第 1 页。《望舒诗稿》及《戴望舒诗选》删除此诗。

② 《莽原》"吧"为"罢"，"Ma"为"ma"，且句末标点为"，"；《今代妇女》"ennemie"为"ennenie"。

③ 《今代妇女》"来"为"再来"。

④ 《今代妇女》"惨"为"惨的"。

⑤ 《今代妇女》"哭红"为"笑红"。

⑥ 《今代妇女》此处有"，"。

⑦ 《今代妇女》"Aime un peu"为"Aime Un Peu"。

回了心儿罢 ①，我这样向你泣诉，②

Un peu d'amour, pour moi, c'est deja trop！ ③

---

① 《今代妇女》"罢"为"吧"。

② 《莽原》"我这样向你泣诉，"为"我向你这样泣诉："。

③ 《今代妇女》此句为"Un Peu d'amour, Pour Moi, C'est deja trop！"。

Spleen [1]

我如今已厌看蔷薇色，
一任她娇红披满枝。

心头的春花已不更开，
幽黑的烦扰已到我欢乐之梦中来。

我底唇已枯，我底眼已枯，
我呼吸着火焰，我听见幽灵低诉。

去罢，欺人的美梦，欺人的幻像，
天上的花枝，世人安能痴想！

我颓唐地在挨度这迟迟的朝夕，
我是个疲倦的人儿，我等待着安息。

---

[1]《望舒诗稿》此诗标题为《忧郁》，内容与初版本相同。《戴望舒诗选》删除此诗。

残叶之歌 ①

男子

你看，湿了雨珠的残叶 ②

静静地 ③ 停在枝头，

（湿了珠泪的微心 ④，

轻轻地贴在你心头。）

它踌躇着怕那微风 ⑤

吹它到缥缈的长空。

女子

你看，那小鸟曾经 ⑥ 恋过枝叶，

如今却要飘忽 ⑦ 无迹。

（我底心儿和残叶一样，

---

① 此诗发表于《新女性》1929 年第 4 卷第 3 期，第 116—117 页。

② 初刊本及《戴望舒诗选》此处有"，"。

③《戴望舒诗选》"静静地"为"摇摇地"。

④《望舒诗稿》及《戴望舒诗选》"微心"为"心儿"。

⑤ 初刊本及《戴望舒诗选》句末有"，"。

⑥《望舒诗稿》及《戴望舒诗选》删除"曾经"。

⑦《望舒诗稿》及《戴望舒诗选》"飘忽"为"飘飞"。

你啊，忍心人，你要去他方。）①
它可怜地等待着微风，
要依风去追逐爱者底行踪。

男子

那么，你是叶儿，我是那微风，
我曾爱你在枝上，也爱你在街中。②

女子

来啊，你把你微风吹起，
我将我残叶底生命还你。

---

① 初刊本此句与下一句之间空一行。
② 初刊本此处标点为"，"。

Mandoline ①

从水上飘起的，春夜的 Mandoline②，

你咽怨的亡魂，孤冷 ③ 又缠绵，

你在哭你底旧时情？

你徘徊到我底窗边，

寻不到昔日的芬芳，

你惆怅地哭泣到花间。

你凄婉地又重进我纱窗，

还想寻些坠鬖的珠屑——④

啊，你又失望地咽泪去他方。

你依依地又来到我耳边低泣：⑤

---

① 此诗发表于《新女性》1929 年第 4 卷第 3 期，第 116 页，发表时标题为大写字母 "MANDOLINE"。《望舒诗稿》此诗标题为《闻曼陀铃》。《戴望舒诗选》删除此诗。

② 《望舒诗稿》"Mandoline" 为 "曼陀铃"。

③ 《望舒诗稿》"孤冷" 为 "孤寂"。

④ 初刊本此处标点为 "？"。

⑤ 初刊本此处标点为 "，"；《望舒诗稿》此处标点为 "；"。

啼着那颓唐哀怨之音；①

然后，懒懒地，到梦水间消歇。

① 初刊本此处标点为"，"。

雨巷 ①

撑着油纸伞，独自

彷徨在悠长，② 悠长

又寂寥的雨巷 ③

我希望逢着

一个丁香一样地

结着愁怨的姑娘。

她是有

丁香一样的颜色，

丁香一样的芬芳，

丁香一样的忧愁，

在雨中哀怨，

哀怨又彷徨；

---

① 此诗发表于《小说月报》1928 年第 19 卷第 8 期，第 78—79 页。
② 《戴望舒诗选》此处标点为"、"。
③ 初刊本、《望舒诗稿》及《戴望舒诗选》此处有"，"。

她彷徨在这寂寥的雨巷。①

撑着油纸伞

像我一样，

像我一样地

默默彳亍着，

冷漠，凄清，又惆怅。

她静默地走近

走近，又投出

太息一般的眼光，

她飘过

像梦一般地，②

像梦一般地凄婉迷茫。③

像梦中飘过

一枝丁香地，

我身旁飘过这女郎；

她静默地远了，远了。

到了颓圮的篱墙，

走尽这雨巷。

---

① 初刊本、《望舒诗稿》及《戴望舒诗选》此处标点为"，"。
② 初刊本此处无标点。
③ 初刊本此处标点为"，"。

在雨的哀曲里，

消了她的颜色，

散了她的芬芳，

消散了，甚至她的

太息般的眼光，

她① 丁香般的惆怅。

撑着油纸伞，独自

彷徨在悠长，悠长

又寂寥的雨巷，

我希望飘过

一个丁香一样地

结着愁怨的姑娘。

---

① 《望舒诗稿》及《戴望舒诗选》删除"她"。

我底记忆

我底记忆 ^①

我底^② 记忆是忠实于我的，

忠实得^③ 甚于我最好的友人。

它存在^④ 在燃着的烟卷上，

它存在^⑤ 在绘着百合花的笔杆上。^⑥

它存在^⑦ 在破旧的粉盒上，

它存在^⑧ 在颓垣的木莓上，

它存在^⑨ 在喝了一半的酒瓶上，

在撕碎的往日的诗稿上，在压干的花片上，

在凄暗的灯上，在平静的水上，

在一切有灵魂没有灵魂的东西上，

---

① 此诗初刊于《中央日报》1928 年 7 月 31 日〔0002 版〕；再刊于《未名半月刊》（北平）1929 年第 2 卷第 1 期，第 19—21 页；又刊于《今代妇女》1929 年第 10 期，第 1 页。《中央日报》《未名半月刊》（北平）、《望舒草》《望舒诗稿》及《戴望舒诗选》此诗标题中的"底"均为"的"。

② 《中央日报》《未名半月刊》（北平）、《望舒草》《望舒诗稿》及《戴望舒诗选》"底"均为"的"。

③ 《望舒诗稿》及《戴望舒诗选》删除"得"。

④ 《望舒草》《望舒诗稿》及《戴望舒诗选》"存在"为"生存"。

⑤ 《望舒草》《望舒诗稿》及《戴望舒诗选》"存在"为"生存"。

⑥ 《未名半月刊》（北平）无此句。

⑦ 《望舒草》《望舒诗稿》及《戴望舒诗选》"存在"为"生存"。

⑧ 《望舒草》《望舒诗稿》及《戴望舒诗选》"存在"为"生存"。

⑨ 《望舒草》《望舒诗稿》及《戴望舒诗选》"存在"为"生存"。

它在到处生存着，像我在这世界一样。

它是胆小的，它怕着人们底 ① 喧嚣，

但在寂寥时，它便对我来作密切的拜访。

它底 ② 声音是低微的，

但是它底 ③ 话是 ④ 很长，很长，

很多 ⑤，很琐碎，而且永远不肯休：⑥

它底 ⑦ 话是古旧的，老是 ⑧ 讲着同样的故事，

它底 ⑨ 音调是和谐的，老是 ⑩ 唱着同样的曲子，

有时它还模仿着爱娇的少女底 ⑪ 声音，

它底 ⑫ 声音是没有气力的，

而且还夹着眼泪 ⑬，夹着太息。

---

① 《中央日报》《望舒草》《望舒诗稿》及《戴望舒诗选》"底"为"的"。

② 《中央日报》《望舒草》《望舒诗稿》及《戴望舒诗选》"底"为"的"。

③ 三个发表本、《望舒草》《望舒诗稿》及《戴望舒诗选》"底"为"的"。

④ 《望舒草》《望舒诗稿》及《戴望舒诗选》"是"为"却"。

⑤ 《望舒草》《望舒诗稿》及《戴望舒诗选》"很多"为"很长"。

⑥ 《未名半月刊》(北平) 及《中央日报》此处标点为"；"。

⑦ 《中央日报》《望舒草》《望舒诗稿》及《戴望舒诗选》"底"为"的"。

⑧ 《望舒草》《望舒诗稿》及《戴望舒诗选》删除"是"。

⑨ 《中央日报》《望舒草》《望舒诗稿》及《戴望舒诗选》"底"为"的"。

⑩ 《望舒草》《望舒诗稿》及《戴望舒诗选》删除"是"。

⑪ 《今代妇女》无"着"，且"少"为"小"；《中央日报》《望舒草》《望舒诗稿》及《戴望舒诗选》"底"均为"的"。

⑫ 《今代妇女》无"底"；《中央日报》《望舒草》《望舒诗稿》及《戴望舒诗选》"底"均为"的"。

⑬ 《今代妇女》"眼泪"为"泪"。

它底 ① 拜访是没有一定的，
在任何时间，在任何地点，
甚至 ② 当我已上床，③ 朦胧地想睡了 ；④
人们会说它没有礼貌，
但是我们是老朋友。

它是琐琐地永远不肯休止的，
除非我凄凄地哭了，或是沉沉地睡了：⑤
但是我是 ⑥ 永远不讨厌它，
因为它是忠实于我的。

---

① 《中央日报》《望舒草》《望舒诗稿》及《戴望舒诗选》"底"均为"的"。

② 《望舒草》《望舒诗稿》及《戴望舒诗选》"甚至"为"时常"。

③ 《未名半月刊》（北平）此处无标点。

④ 《未名半月刊》（北平）句末标点为"："；《望舒草》《望舒诗稿》及《戴望舒诗选》此句下一行添加诗句"或是选一个大清早，"。

⑤ 《望舒草》《望舒诗稿》及《戴望舒诗选》"或是沉沉地睡了："另为一行；《中央日报》及《未名半月刊》（北平）句末标点为"；"。

⑥ 《望舒草》《望舒诗稿》及《戴望舒诗选》删除"是"。

路上的小语①

——给我吧，姑娘，那朵簪在你发上的②

小小的青色的花，

它是会使我想起你底③温柔来的。

——它是到处都可以找到的，

那边，你看④，在树林下，在泉边，

而它又只会给你悲哀的记忆的。

——给我吧，姑娘，你底⑤像花一样地⑥燃着的，

像红宝石一样地⑦晶耀着的嘴唇，

它会给我蜜底⑧味，酒底⑨味。

---

① 此诗发表于《无轨列车》1928年第1期，第28—30页。

② 初刊本此处有"，"。

③ 初刊本、《望舒草》《望舒诗稿》及《戴望舒诗选》"底"为"的"。

④ 《望舒草》《望舒诗稿》及《戴望舒诗选》"看"为"瞧"。

⑤ 初刊本、《望舒草》《望舒诗稿》及《戴望舒诗选》"底"为"的"。

⑥ 《望舒草》《望舒诗稿》及《戴望舒诗选》"一样地"为"一般"。

⑦ 《望舒草》《望舒诗稿》及《戴望舒诗选》"一样地"为"一般"。

⑧ 初刊本、《望舒草》《望舒诗稿》及《戴望舒诗选》"底"为"的"。

⑨ 初刊本、《望舒草》《望舒诗稿》及《戴望舒诗选》"底"为"的"。

——不，它只有青色的橄榄底 ① 味，

和未熟的苹果底 ② 味，

而且是不给说谎的孩子的。

——给我吧，姑娘，那在你衫子下的 ③

你的火一样的 ④，十八岁的心，

那里是盛着天青色的爱情的。

——它是我的，是不给任何人的，

除非别人 ⑤ 愿意把他自己底 ⑥ 真诚的 ⑦

来作一个交换，永恒地。

---

① 初刊本、《望舒草》、《望舒诗稿》及《戴望舒诗选》"底"为"的"。
② 初刊本、《望舒草》、《望舒诗稿》及《戴望舒诗选》"底"为"的"。
③ 初刊本此处有","。
④ 初刊本此处有"心"。
⑤ 《望舒草》《望舒诗稿》及《戴望舒诗选》"别人"为"有人"。
⑥ 初刊本"底"为"的"。
⑦ 初刊本此处有","。

林下的小语①

走进幽暗的树林里②

人们在心头感到了③寒冷，

亲爱的，在心头你也感到寒冷吗，

当你拥在我怀里④

而且把你的唇黏着我底的时候？⑤

不要微笑，亲爱的，

啼泣一些是温柔的，

啼泣吧，亲爱的，啼泣在我底⑥膝上，

在我底⑦胸头，在我底⑧颈边。

啼泣不是一个短促的欢乐。

---

① 《戴望舒诗选》删除此诗。

② 《望舒草》及《望舒诗稿》此处有"，"。

③ 《望舒草》及《望舒诗稿》删除"了"。

④ 《望舒草》及《望舒诗稿》此句为"当你在我的怀里，"。

⑤ 《望舒草》及《望舒诗稿》此句为"而我们的唇又黏着的时候？"。

⑥ 《望舒草》及《望舒诗稿》"底"为"的"。

⑦ 《望舒草》及《望舒诗稿》"底"为"的"。

⑧ 《望舒草》及《望舒诗稿》"底"为"的"。

"追随我① 到世界的尽头",

你固执地这样说着吗?

你说得多傻!你去追随天风吧!②

我呢,我是比天风更轻,更轻,

是你永远追随不到的。

哦,不要请求我的③ 心了!

它是我的,是只属于我的。④

什么是我们的恋爱⑤ 的纪念吗?

拿去吧⑥,亲爱的,拿去吧⑦,

这沉哀,这绛色的沉哀。

①《望舒草》及《望舒诗稿》"我"为"你"。

②《望舒草》及《望舒诗稿》此句为"你在戏谑吧!你去追平原的天风吧!"。

③《望舒草》及《望舒诗稿》此处有"无用"。

④《望舒草》及《望舒诗稿》删改此句为:

你到山上去觅珊瑚吧,

你到海底去觅花枝吧;

⑤《望舒草》及《望舒诗稿》"恋爱"为"好时光"。

⑥《望舒草》及《望舒诗稿》"拿去吧"为"在这里"。

⑦《望舒草》及《望舒诗稿》"拿去吧"为"在这里"。

夜是①

夜是清爽而温暖；②

飘过的风带着青春和爱底③香味，④

我的头是靠在你裸着的膝上，

你想笑⑤，而我却哭了⑥。

温柔的是缢死在你底发⑦上，

它是那么长，那么细，那么香，⑧

但是我是怕着，那飘过的风

要把我们底⑨青春带去。

---

① 此诗发表于《无轨列车》1928 年第 1 期，第 20—32 页。初刊本此诗标题为《夜是……》。《望舒草》及《望舒诗稿》此诗标题为《夜》。《戴望舒诗选》删除此诗。

② 初刊本此处标点为","。

③ 初刊本、《望舒草》及《望舒诗稿》"底"为"的"。

④ 初刊本此处标点为";"。

⑤ 《望舒草》及《望舒诗稿》"笑"为"微笑"。

⑥ 《望舒草》及《望舒诗稿》"而我却哭了"为"而我却想啜泣"。

⑦ 《望舒草》及《望舒诗稿》"底发"为"的发丝"；初刊本"底"为"的"。

⑧ 初刊本句末标点为"——"；《望舒草》及《望舒诗稿》句末标点为";"。

⑨ 初刊本、《望舒草》及《望舒诗稿》"底"为"的"。

我们只是被年海底 ① 波涛 ②

挟着飘去的可怜的 epaves③，

不要讲古旧的 romance 和理想的梦国了，④

纵然你有柔情，我 ⑤ 有眼泪。

我是怕着：那飘过的风 ⑥

已把我们底青春和别人底 ⑦ 一同带去了 ; ⑧

爱呵，你起来找一下吧 ⑨，

它可曾把我们底 ⑩ 爱情带去。

---

① 初刊本、《望舒草》及《望舒诗稿》"底"为"的"。

② 初刊本此处有"，"。

③ 初刊本"飘去的"后面有"，"；《望舒草》及《望舒诗稿》"epaves"为"沉舟"。

④ 《望舒草》及《望舒诗稿》此句为"不要讲古旧的绮腻风光了，"。

⑤ 初刊本"我"为"你"。

⑥ 初刊本句末有"，"；《望舒草》及《望舒诗稿》此小节为：

我是害怕那飘过的风，

那带去了别人的青春和爱的飘过的风，

它也会带去了我们底，

然后丝丝地吹入凋谢了的蔷薇花丛。

⑦ 初刊本"底"为"的"。

⑧ 初刊本此处标点为"——"。

⑨ 初刊本"找一下吧"为"找一找"。

⑩ 初刊本"底"为"的"。

独自的时候①

房里曾充满过清朗的笑声，

正如花园里充满过蔷薇②；

人在满积着的③ 梦的④ 灰尘中抽烟，⑤

沉想着消逝⑥ 了的音乐。

在心头飘来飘去的是什么啊，

像白云一样地无定，⑦ 像白云一样地沉郁？

而且要对它说话也是徒然的，

正如人徒然地⑧ 向白云说话一样。

幽暗的房里耀着的只有光泽的木器，⑨

---

① 此诗发表于《未名》1928年第1卷第8、9期，第268—269页。《戴望舒诗选》删除此诗。

② 《望舒草》及《望舒诗稿》"蔷薇"为"百合或素馨"。

③ 《望舒草》及《望舒诗稿》删除"的"。

④ 初刊本"的"为"底"。

⑤ 初刊本此处无标点。

⑥ 《望舒草》及《望舒诗稿》"消逝"为"凋残"。

⑦ 《望舒草》此处无标点；初刊本"地"为"的"。

⑧ 《望舒草》及《望舒诗稿》删除"地"。

⑨ 初刊本此小节为第四小节。

独语着 ① 的烟斗也黯然缄默，②
人在尘雾的空间描摹着惨白 ③ 的裸体
和烧着人的火一样的眼睛。

为自己悲哀和为别人悲哀是一样 ④ 的事，⑤
虽然自己的梦是和别人的不同的 ⑥，
但是我知道今天我是流过眼泪，
而从外边，寂静是悄悄地进来。

---

① 初刊本无"着"。
② 初刊本此处标点为"；"。
③《望舒草》及《望舒诗稿》"惨白"为"白润"。
④《望舒草》及《望舒诗稿》"一样"为"同样"。
⑤ 初刊本此小节为第三小节。
⑥ 初刊本"别人的不同的"为"别人底是不同"；《望舒草》及《望舒诗稿》删除最后一个"的"。

秋天①

再过几日秋天是要来了，

默坐着，抽着陶器②的烟斗

我已隐隐地③听见它的歌吹

从江水的船帆上。

它是在奏着管弦乐：

这个使我想起做过的好梦；

从前我④认它是⑤好友是错了，

因为它带了忧愁⑥来给我。

林间的猎角声是好听的，

在死叶上的漫步也是乐事，⑦

---

① 此诗发表于《未名半月刊》(北平) 1929 年第 2 卷第 2 期，第 49 页。《望舒草》《望舒诗稿》及《戴望舒诗选》此诗标题为《秋》。

② 《望舒草》《望舒诗稿》及《戴望舒诗选》"器"为"制"。

③ 《望舒草》《望舒诗稿》及《戴望舒诗选》删除"地"。

④ 《望舒草》《望舒诗稿》及《戴望舒诗选》"从前我"为"我从前"。

⑤ 初刊本"是"为"作"；《望舒草》《望舒诗稿》及《戴望舒诗选》"是"为"为"。

⑥ 《望舒草》《望舒诗稿》及《戴望舒诗选》"忧愁"为"烦忧"。

⑦ 初刊本此处标点为"；"。

但是，独身汉的心地我是很清楚的，

今天，我是 ① 没有 ② 闲雅的兴致。

我对它没有爱也没有恐惧，

我 ③ 知道它所带来的东西的重量，

我是微笑着，安坐在我的窗前，④

当浮云 ⑤ 带着恐吓的口气来说：秋天要 ⑥ 来了，望舒先生！⑦

---

① 《望舒草》《望舒诗稿》及《戴望舒诗选》删除"是"。

② 《望舒草》《望舒诗稿》及《戴望舒诗选》此处有"这"。

③ 《望舒草》《望舒诗稿》及《戴望舒诗选》"我"为"你"。

④ 《望舒草》此处无标点。

⑤ 《望舒草》《望舒诗稿》及《戴望舒诗选》"浮云"为"飘风"。

⑥ 初刊本、《望舒草》、《望舒诗稿》及《戴望舒诗选》无"要"。

⑦ 《望舒草》《望舒诗稿》及《戴望舒诗选》"秋天要来了，望舒先生！"另起一行，开头空两字，且删除"要"。

对于天的怀乡病 ①

怀乡病，怀乡病，

这或许是一切② 有一张有些忧郁的脸，

一颗悲哀的心，

而且老是缄默着，

还抽着一支烟斗的

人们的生涯吧。

怀乡病，哦，我呵③，

我也是这类人之一，④

我呢，我渴望着回返

到那个天，到那个如此青的天⑤

在那里我可以生活又死灭，

像在母亲的怀里，

① 此诗发表于《无轨列车》1928 年第 8 期，第 2—4 页。

② 《望舒草》《望舒诗稿》及《戴望舒诗选》在此处分为两行。

③ 《望舒草》《望舒诗稿》及《戴望舒诗选》"呵"为"啊"。

④ 《望舒草》《望舒诗稿》及《戴望舒诗选》此句为"我也许是这类人之一吧；"。

⑤ 《望舒草》《望舒诗稿》及《戴望舒诗选》此处有","。

一个孩子笑着和哭着一样。①

我呵②，我真③是一个怀乡病者，④
是⑤对于天的，对于那如此青的天的，⑥
在那里我可以安安地睡着⑦
没有半边头风，没有不眠之夜，⑧
没有心的一切的烦恼，
这心，它，已不是属于我的，
而有人已把它抛弃了
像人们抛弃了敝屩一样。

---

① 《望舒草》《望舒诗稿》及《戴望舒诗选》此句为"一个孩子欢笑又啼泣。"
② 《望舒草》《望舒诗稿》及《戴望舒诗选》"呵"为"啊"。
③ 《望舒草》《望舒诗稿》及《戴望舒诗选》删除"真"。
④ 《望舒草》删除句末"，"；《望舒诗稿》及《戴望舒诗选》"，"为"："。
⑤ 《望舒草》《望舒诗稿》及《戴望舒诗选》删除"是"。
⑥ 《望舒草》《望舒诗稿》及《戴望舒诗选》句末"，"为"；"。
⑦ 初刊本此处有"，"；《望舒草》《望舒诗稿》及《戴望舒诗选》此句为"那里，我是可以安憩地睡眠，"。
⑧ 初刊本此处无标点。

断指①

在一口老旧的，② 满积着灰尘的书橱中，

我保存着一个浸在酒精瓶中的断指；

每当无聊地去翻寻古籍的时候，

它就含愁地向我诉说③ 一个使我悲哀的记忆。

它是被截下来的，从我一个已牺牲了的朋友底手上，④

它是惨白的，枯瘦的，和我的友人一样，⑤

时常萦系着我的，而且是很分明的，

是他将这断指交给我的时候的情景：

"为我保存着这可笑又可怜的恋爱的纪念吧，望舒，⑥

在零落的生涯中，它是只能增加我的不幸的了⑦。"

他的话是舒缓的，沉着的，像一个叹息，

---

① 此诗发表于《无轨列车》1928 年第 7 期，第 49—51 页。《望舒草》删除此诗。

② 《戴望舒诗选》"，"为 "、"。

③ 《戴望舒诗选》"向我诉说" 为 "勾起"。

④ 《戴望舒诗选》此句为 "这是我一个已牺牲了的朋友底断指，"。

⑤ 《戴望舒诗选》句末标点 "，" 为 "；"。

⑥ 初刊本 "吧" 为 "罢"；《戴望舒诗选》此句为 "替我保存这可笑可怜的恋爱的纪念吧，"。

⑦ 《望舒诗稿》"我的不幸的了" 为 "我的不幸了"；《戴望舒诗选》"我的不幸的了" 为 "我的不幸"。

而他的眼中似乎是含着泪水，虽然微笑是在脸上。①

关于他的"可怜又可笑的爱情"我是一些也不知道。②
我知道的只是他是③在一个工人家里被捕去的，④
随后是酷刑⑤吧，随后是惨苦的牢狱吧，
随后是死刑吧⑥，那等待着我们大家的死刑吧⑦。

关于他"可笑又可怜的爱情"我是一些也不知道。⑧
他从未对我谈起过，即使在喝醉了⑨酒时；⑩
但是我猜想这一定是一段悲哀的故事⑪，他隐藏着，
他想使他跟着⑫截断的手指一同被遗忘了。

这断指上还染着油墨底痕迹，
是赤色的，是可爱的，⑬光辉的赤色的，

---

① 《戴望舒诗选》删除此句中两个"是"。
② 《戴望舒诗选》此句为"关于他'可笑可怜的恋爱'我可不知道,"。
③ 《戴望舒诗选》删除"是"。
④ 《戴望舒诗选》删除"的"；《望舒诗稿》及《戴望舒诗选》句末标点为"；"。
⑤ 初刊本"酷刑"为"死刑"。
⑥ 初刊本"死"为"要"，"吧"为"罢"。
⑦ 初刊本"吧"为"罢"。
⑧ 《戴望舒诗选》此句为"关于他'可笑可怜的恋爱'我可不知道,"；《望舒诗稿》及《戴望舒诗选》"。"为"，"。
⑨ 《望舒诗稿》及《戴望舒诗选》删除"了"。
⑩ 《望舒诗稿》及《戴望舒诗选》"；"为"。"。
⑪ 《戴望舒诗选》"故事"为"事"。
⑫ 《望舒诗稿》及《戴望舒诗选》"使他跟着"为"使它随着"。
⑬ 《望舒诗稿》及《戴望舒诗选》删除此处标点"，"。

它很灿烂地在① 这截断的手指上，②

正如他责备别人底③ 懦怯的目光在我们底④ 心头一样。

这断指常带了轻微又黏⑤ 着的悲哀给我，

但是它⑥ 在我又是一件很有用的珍品，

每当为了一件琐事而颓丧的时候，我会说：⑦

"好，⑧ 让我拿出那个玻璃瓶来罢⑨ 。"

---

① 《望舒诗稿》删除"在"。

② 初刊本此处无标点。

③ 初刊本"底"为"的"；《戴望舒诗选》删除"底"。

④ 《望舒诗稿》"我们底"为"我底"；《戴望舒诗选》"我们底"为"我"。

⑤ 初刊本"黏"为"粘"。

⑥ 《望舒诗稿》及《戴望舒诗选》"它"为"这"。

⑦ 《望舒诗稿》"我会说："移到下一行开头，且删除"："；《戴望舒诗选》"我会说："移到下一行开头。

⑧ 《望舒诗稿》删除"，"。

⑨ 《戴望舒诗选》"罢"为"吧"。